백치의 산수

백치의 산수

강정 시집

민음의 시 222

민음사

답을 줄 순 있었으나
답이라 오인될 함정들을 피하느라
광언廣言만 요란했었다.

시를 입 다물게 하고
음악 속에 넋을 내려놓을 예정.

여생이 전생 같아
오늘도 긴 머릴 안 잘랐다.

2016년 3월
강정

은수에게

차 례

2부 흡혈 묘목

1부 백치의 산수

총

가지고 싶은 것들은 모두 꿈속의 사물
적멸 다음의 단호한 증기
총!
소리 내 불러 본다
잠의 바깥은 온통 시체들
누가 나를 카메라에 담는다
망막에 얹어 빙글빙글
병신춤을 추게 한다
나는
밤의 거대한 액정 속에서
죽은 자들의 미련한 대화를 흉내 낸다
마주치면,
입귀를 바르르 떨면,
눈에는 뼈
혀에는 창자
밤이슬엔 오욕
죽음엔 웃음으로 대거리한다

총!

이 소린

이승의 뼈 사이로 스민 백 년 전의 통증 같고

총!

이 소린

평생토록 저주가 된 고백의 종지부 같다

그렇게 다들

총!

소리를 낸다

과녁은 멀고, 보이지 않는데

소리가 닿는 곳마다

푸릇푸릇한 연기가 오른다

땅은 습하고

불꽃은 짱짱하게 울다가

공기의 다른 형태를 부추겨

예술이라는 망집을 낳는다

새와 나무

집과 사람

꿈과 비명

똥과 환락의

무늬들이
총!
소리와 함께
탄탄한 근육으로 부푼다
나는 저것들을
시든 화분 속에
먹다 남긴 밥그릇 속에
오르지 못한 사다리 위에
하나 하나 옮겨
가늠자 중앙에 놓는다

꿈속 사물들이
꿈 바깥의 눈들을 향해
총! 총!
쏴 대는 소리의 점막들
거대한 밤의 액정,
그 차가운 밀림의
증폭된 강선을 꿰뚫고
액정 바깥 사물들의

눈을 찌른다
깨질수록 단단해지는
유리막 속,
소용돌이치는 꿈의 막간
거미줄처럼 금이 간
시간의 가느다란 힘줄들
갈지자 선율로 찢어지는
적막 뒤,
부드러운 단말마의 기도
깨지는 유리, 유리로 응결된 탄환,
탄환들!!

광부

폐광 속에는 광부가 산다

죽음 속에 삶이 살고

증오 속에 사랑이 살듯

오래전 무너져 내려 석탄도 금도 없는 폐광 속에는

검은 공기만 마시며 더 깊은 어둠이 되어 가는 광부가
산다

광부니까,

빛도 어둠도 분간 못하는 장님이 되었으니까,

무엇 하나 캐낼 것도 살아남을 것도 없는 어둠과 함께

오로지 자신의 몸만 스스로 썩히며 폐광 속에서 산다

그래도 광부는,

매일 아침 볕 좋은 5층 난간에서

바이올린을 켜다가 홀연히 자진 추락한 여자의 얘기도,

남의 주머니에서 지갑 빼내는 재미에 들려

영원히 남의 속만 뒤적이며

자기 속을 망가뜨리는 것으로 노인이 돼 버린 소년의 얘
기도

다 알고 있다

광부니까,

빛을 도륙당한 몸 안의 탄진들로
스스로를 살려야 하는 광부니까,
모두 사라지고
모두 허물어진,
아무 소리도 들리지 않고
어떤 빛도 스미지 않는,
모든 게 암흑의 덩어리로 상영되는
폐광은 침묵의 영화관
광부는 어둠을 사역하는 영혼의 영사기사
그렇다고 광부는
바이올린 선율의 격조나
슬픔과 기쁨의 대위에서
느닷없이 황홀과 비감의 극치로 비상했다 추락한 여자
의 심정이나
소매치기의 추루한 비애 따위 헤아리진 않는다
폐광 속에서 바이올린 소리는
사흘 동안 쥐 한 마리 잡아먹지 못한 내장들이 꾸룩거
리는 소리와 같고
소매치기의 일생은 평생토록 캐낸 석탄과 금이

더 이상 광 속에 남아나지 않는다는,
더 울지도 좌절하지도 않을 체념의 의지와 같을 것
광부는 폐광 속에서만 산다
광부니까,
캐낼 아무런 보석이 없어도 폐광 속에서만 산다
폐광에서 혼자 죽으려는 게 아니라,
이미 스스로 폐광이 되어
마음 안의 모든 보석들을 지상으로 퍼 올리고
그러고도 남아 있는 삶이 더 깊은 어둠 속에서
여전히 용을 쓰며 견디고 있다는 게 스스로 대견스러워
서가 아니라,
오로지 광부니까 폐광 속에 산다
무너졌든 번창하든 광부는 광 속에 살아야 한다는 몽매
의 신념 따위 없다
쥐와 두더지 들을 다스려 지하의 왕이 되겠다는 야망도
없다
광부는 광부니까
폐광 속에서 산다
삶이 결국 죽음을 부르고

사랑이 마침내 증오의 싹으로 자라
한순간의 빛을 어둠의 칼날로 바꾸듯
광부는 광부니까
모든 게 없어지고 무너져 내린 폐광에 산다
물고기가 물을 헤엄치고
새들이 하늘을 날 듯
광부는 광부니까
폐광 속에서만 산다
사랑도 죽음도
모두 다 퍼내고
해를 향해 그물을 펼치던 바이올린 소리마저
부패한 물질이 되었다가
다시 빈 공기로 흩어져 어둠 속에 잦아들 듯
광부는 스스로가 광부라는 사실마저 잊을 때까지
이곳이 한때 탄광이었다는 사실마저 모두 망각한
폐광에 산다
이 거대하나 보이지 않는 죽음의 삶
이 암담하나 여전히 생명 자체로 견디어 내는 사랑
그래도 광부는 그 모든 걸 잊고 그저,

한때 자신의 모든 것이었던 폐광 속에 산다
소매치기가 영혼의 어둠 속에서 남의 돈을 탐하듯
광부는 대지가 감춘 오래전 금싸라기들의 반짝이는 빛을 훔쳤을 뿐,
죄였든 탐욕이었든
광부는 삶 속의 죽음이 돼 버린 폐광 속에서
바투 어둠의 속살로 녹아드는 온몸을 탄주해
그만의 탄생 교향곡을 쓴다
어둠 속 어느 현을 건드려도 침묵만 더 깊어지는,
보이지 않는 검은 실선들의 유선망으로
대지의 고름을 죽음 쪽으로 질질 짜내는
광부의 마지막 삽질
끝끝내 빛을 바라는가,
아니, 그저 이 긴 죽음이
세상에 없던 검은 산 하나로 오래도록 울창해지기만 바랄 뿐이네
까마귀도 불곰도 어느 날의 허기가 그것만으로 충만한 빛이 될 수 있도록
광부는 광부니까,

폐광 속에서만 산다
금은 없어도 된다

사진사

해를 향해 사진기를 갖다 대었다
흑점이 번진 렌즈 속으로
십 년 전에 죽은 내가 걸어간다
돌연 코앞에 선 어제 속에서
나는 다시 태어나는 중
벙거지를 쓴 나를 이생에선 만나 본 적 없다
빛의 흑점 속에서 나는 이제
살아선 한 번도 보지 못한,
보고 싶은 그 사람이다
해는 뜨거우나
거리는 내일 닥칠 폭우 때문에 미리 새카맣다
셔터를 누르는 순간,
빛의 띠를 두른 안개 속에서 하얀 점 하나 반짝인다
나는 불빛 속에서 나를 거슬러 커지기도 하고
십 년 전 해골의 편안한 안부인 양,
투명하게 표백되기도 한다
십 년 전에 죽은 내가 하얗게 웃는다
등 뒤로 어두운 반점들이 벌 떼처럼 튀어올랐다가
흰 피를 터뜨리며

이십 년 전, 백 년 전의 내 얼굴을 광속으로 뱉어 낸다
아마도 신의 머릿속은 코앞에서 박살나 버린
꿀벌통과 같을 것이다

비가 내린다
젖은 꿀과 같은, 해의 먼지 같은 비
새하얀 아교를 뒤집어쓴
오래전 이 길에서 죽어 간 사람들 사이로
십 년 전에 죽은 내가
벙거지를 쓰고 걸어간다
멸균된 영혼의 거푸집인 듯,
벙거지는 슬픔을 짓이겨 피어올린 해거름의 버섯이거나
볕 좋은 날,
밤새 뜯어먹은 검은 모색을 음화로 내걸기 위해
어둠 속에 고개를 다시 욱여넣은
용서받지 못할 삶의 거름판 같다
얼마나 우스운가
또는, 웃음이 울음을 삼켜 버린 해와 비의 느닷없는 조
우는

얼마나 차갑고 눈부신가

또 셔터를 누른다

가슴 앞에서 등 뒤로 밀려 몸속과 이별하려는

오늘의 손자국들을 허공에 찍는다

심장이 누선 위로 올라 해의 발끝을 밀어낸다

나는 웃었다

햇살의 실금을 치실인 양 입에 물고

햇빛 속에서 돌이 된 시간을

뽀득뽀득 씹어 댄 것이다

웃는 거울

그는 물 위에 뜬 자신의 모습에 공포를 느꼈소.
일렁이는 물 표면에 찢긴 얼굴을 보고.
다른 맥락들 따지기 전에,
진짜 그가 그럴 수밖에 없었던 까닭은 그 공포 때문이었소.
내가 나르키소스가 자기 얼굴에 반했다고 믿지 않는 이유도
그것과 같소.

— P. 그로쏘

거울을 들여다보며
사랑의 뒤통수를 핥는다

나는 나의 다른 입에게
말 걸고 키스한다

감정의 천재는
거울에 비친
자기 얼굴에 침을 뱉는 자

유리의 벽 속에 갇힌 채
자기 이름을 부르다
스스로 질겁해 혼절하는 자

얼굴 뒤편 암흑 속에서 누가
힘없이 쓰러졌다

경배할 만한 궤멸

지척이 광년으로 늘어나는
이 격조함

그런 걸 자주 본다
어제도 누가 죽어 매달린 십자가 같은 것
최초로 표백되는 자애로운 자의 마지막 냉소

입이 그렇게 봉해졌다
부러 터뜨리면
말 대신 방귀가 나올 듯한

십자 모양 항문으로
대기의 막막한 뒤 통로로

마임

가만히,
이곳엔 없는 너를 믿고
움직이거라
말의 껍질들을 떼어 내
머릿속 새들에게 하늘의 경계를 다시 그어 주거나
보이지 않는 벽 앞에서
볼 수 없는 당신 얼굴을 더듬거나

뜀박질을 흉내 내다가
벽을 뚫어
공기 중 뜨거운 세포를 매만지거나
커다란 구球를 그려
그 안의 자연自然을 묘사하거나
눈알만 해진 구球를 터뜨려
들리지 않는 아우성의 즙을 짜내거나

허공은 내 친구
눈길 가는 곳마다 창을 열자
창밖을 연어 떼처럼 휘돌아

창 안에서 최초의 생물이 되는
침묵을 돌보자
두 겹 세 겹 접히는
창 안에서
너는 나오려 하지 않는다
보이지 않기에 너는 모든 게 가능하구나

시계를 도려내는 침묵 속
나는 공기가 짜낸 물감

죽은 별들의 항로를 얼룩으로 흘려
기필코 신의 미망을 음화로 새기다

잊힌 부계父系

나의 미침이 굳이
당신에게 못 미침 탓은 아니다

당신은 늘 많은 말을 원했다
숲으로 끌고 들어가 바지를 벗기려 했다

숲이 환하게 타올랐다

밤새 달아나던 아이가 불이 되어 죽었다

그 아이의 아비가 벌거벗은 채
나무 그림자 속에 서 있다

이글거리는 불 속에서 화살이 날아온다
어둠의 허리를 꿰뚫고 작렬하는 핏줄

끊어진 밤의 중턱에 낡은 집 한 채

나무 뒤에 숨은 눈동자들이 느릿느릿

땅속에 파묻힌 해를 끄집어 올린다

불타오르기 전,
마지막으로 반짝인 동공엔
나를 질투하고 강간하려던 아버지가 울고 있다

이마에서 별이 되어 타들어 가는 뿔

그를 다시 임신했다
부엌에서 사산한 먼 옛날의 태아가
오늘은 구름의 말을 지껄인다

토끼 소년의 노래

토끼 탈을 쓴 채 벌거벗고 돌아다니던 아이를 봤다

주로 노래를 흥얼거렸다

첫 소절을 신나게 부르면
마지막 소절엔 퉁명스럽게 총을 쏘듯,
차가운 방귀를 뀌었다

슬픈 냄새가 풍겼다

탈 속엔 어떤 얼굴이 들었을까
또는,
토끼는 왜 하필 사람의 몸으로 수난을 당할까

뛰어다니거나 숨거나 귀를 세워 먼 곳의 소식을 엿듣거
나……
토끼의 사명을 모두 갖춘 채
아이는 사람이 닿으면 황폐해지는 땅의 기억 속에서
끝끝내 어른의 영토를 거부했다

주로 노래를 부르며
사람의 박자로는 노래일 수 없는 노래를 부르며

첫 소절 다음엔
사람의 감각으로는 헤아리기 힘든
낯선 체향의 메아리가 얼룩처럼 번지는 소리를 껌처럼
질겅거리며

적막했다
토끼의 노래는
아이의 얼굴을 삼켜 버린
토끼의 아가리는

나는 귀를 쫑긋 세웠다, 아이처럼,

토끼가 되려 했던,
토끼의 모든 적들처럼

인어의 귀환

저녁은 파랗게 살랑거리는 수초 떼와 함께 왔다
환각이라 매도하는 순간,
삶이라 믿었던 모든 순간이 환각이 된다
눈이 멀어 가고 있다는
분명한 자각
이 흐릿한 박명이 편안하다
유령처럼 흔들거리는 사람들
사람들의 과거였던 나지막한 물소리
귀에서 거품이 인다
우주는 하늘 끝이 아닌 바다 깊은 곳의 추억으로 찰랑
거린다
오래도록 숨 쉬기 힘들었던 이유를 이제야 안다
눈이 멀어 가는 까닭은
사람의 말로 다스릴 수 없었던 기억들이
눈앞에 거대한 물거품으로 부풀어 오르는 탓
거품 바깥에서 거품 속으로 헤엄치니
생을 두어 개쯤 한꺼번에 건너뛴 것만 같다
사물의 빗면들이 흐물흐물 녹아 내린다
녹아 고인 세계 속으로 나는 뛰어든다

공기보다 가볍고

물거품보다 웅대하게

사람의 갑옷을 벗고

물의 오래된 기억 속에서

피부 깊숙한 곳의 음표들을 터뜨린다

심장의 점액들이 초록빛 비늘로 물속에 숨겨진 빛들을
비춘다

사람의 말을 읊조릴 때마다 가슴이 먹먹했던 건

오래 폐기된 부레가 어둠을 머금고 있었기 때문

입 속의 상처를 긁으니

검은 피의 수로水路가 펼쳐진다

그 기나긴 역류 속에서 나는 비로소 오랜 직립을 해제한다

뻐끔거리는 눈과 코

하늘거리는 허리

맨살의 불로 물의 색소를 깊게 마시는

내 몸의 관능을 나는 사냥하리라

남자로 완성되기보다 여자로 울려고 태어난 몸

바다는 더 내려갈수록 완전한 지구의 꼴을 구현한다

자궁 속으로 빨려 들어오는 사람들이

소리 없이 몸짓으로만 순진하게 색色쓴다

허리를 비튼 인어가 뭍에서 짓고 있던 그 표정,

거기서 악마를 발견하곤 울었던 어린 날의 공포가 이제
는 훈훈하다

무릎이 꺾인 음악

오래 얼굴 마주보고 웃던 네가
기다랗게 지워진 무지개의 등뼈 같다고
여겼을 때

사랑이 따뜻한 혀 위의 보이지 않는 사탕 같은 것이라
여겨
침샘이 빨갛게 불타오를 때

너는 비로소
귓속에 든 파도와
눈멀게 한 피리 소릴 만나게 했다
나는 미친 듯 노래를 만들었다

노래가 삼킨 바다
노래가 무너뜨린 하늘
더 이상 노래할 수 없는 새의 주둥이

그림자를 떼어 내고 혼자 오래 걷다가
강의 초입에 주저앉아 바다의 뿌릴 허공에 그린다

무릎에 내려놓은 음악이 발정기의 침묵 같다

꽉 쥘수록 악의만 울창한 사랑

나는 귀를 막고 무릎을 흔들었다

괴이해 보일수록 진심이 되는 춤
돌고래를 흉내 내고
기린처럼 고요히 울다가
무릎으로 기어 뒷덜미를 보여야만 확인되는 얼굴

석간수처럼 노을이 번진다
시쳇말로 한 폭의 그림
진짜 시체가 돼 버린 동공 속 새빨간 고요

악마의 옷을 입고
충혈된 눈으로 가짜 눈물을 흘리느라
내 음악은 무릎이 꺾인 거다
꺾인 무릎으로 소릴 내자니 이토록 삐딱하게

웃지도 못할 병신춤을 노을 속 자화상으로 그려 대고
있는 거다

머뭇거리는 기도

한 사람에 대한 온정을 놓아 버리고
달콤함으로 무르익은
밤의 정수리 끝에
다디단 뿔을 세워 올린다

검게 익은 설탕 더미 속에서 꿈틀거리며
잘 알던 동생의 부음을 들었는데,
꿈이었을 거다

식인 개미 떼가 꿈의 끝에 딸려 왔다
내가 개미 떼의 꿈속에서 죽어 가는 건지도 몰랐다
청바지를 입은 늙은 남자의 뒷모습이 오랫동안 남아 있다
그는 기타를 연주하거나 칼을 잘 쓰는 사람이었을 거다

개미 떼는 조용하지만,
개미 떼에게 습격당한 남자의 목청은 단호하고 거셌다
왜 이런 일이 벌어졌을까 생각하다가
개미 떼가 둥그렇게 파먹은 생각의 마루 속을 들여다봤다

쓰러져 웃고 있는 해골의 외침이 낯익다

나는 해골을 머리에 뒤집어 쓰고 우는 시늉했다

이십 년 전쯤 죽은 내가
먼 곳에서 태양을 어루만지는 영상

하늘의 커튼이 불타올랐다
박멸당하는 개미 떼
죽었다 알려진 동생이 기타 줄에 칼을 문대어 소리를 냈다
잘게 다져진 햇빛이 사금파리처럼 몸에 박혔다

내가 살아 있다, 누가 쓰다 만 일기의 결구結句처럼

피아노의 피안

멀리서 들리는 피아노 소리에 맞춰
손가락을 탕탕 튕겼다
어떤 목숨 줄이 정해진 행렬 바깥에서
허공을 음각하는 소리
어떤 몸뚱이가 껍질을 벗고
먼지의 켜들을 밝히는 소리
먼 데서 몰려오는 적에게 줄 수 있는
유일한 온정은 오직 이것뿐
멀리로 사라진 사랑에게 닿을 수 있는
남겨진 흥분의 촉은 오직 그것뿐
소리 사이사이의 침묵에게
대거리해 줄 공간을 몸 안에 펼쳤다
새가 날고 햇빛이 어른거린다
너는 그게 죽음 쪽에서 들려오는 아름다운 소곡小曲이
라 여길 것이리
몸속 가장 낮은 곳의 소리를
우물처럼 퍼올려
소리가 메워 버린 침묵의 구멍을 더 깊게 하였다
소리가 비워진 하초下焦엔

뿌리가 어디인지 모를 꽃들이 수런거린다

나는 피아노 소리에 맞춰

느릿느릿 코피를 흘리고

더 먼 데로 직립하는 몸의 뿌리로 꽃들을 끌어당겼다

상부의 피가

하부의 정열을 색깔 입혔다

하부의 파탄이

상부의 치열을 조롱하였다

내 몸은 침묵의 사선에서 수평으로 길게 누워

먼 데서 돌아오는 네가

아무도 듣지 못한 천계의 음률을 조각조각 새겨 넣길 원
했다

꽃들이 돌 틈 사이에서

마그마처럼 울었다

나는 먼 곳의 소리가 이승 길을 더듬는,

차가운 잿더미의 도판圖板이 되었다

비탈의 새

─동혁에게

알을 품기 위해 거기 몸을 누인 거니
차디찬 공기 속에서
죽은 새들의 뼈를 추려
척추 뒤에 감춘 날개의 밑그림을 완성하자꾸나
칼날 옆에 방을 두고
칼끝이 한번 바람을 묻혀 온몸을 휘감으면
칼날 위에 곧추 서서
상처 하나 없이 하늘의 비탈을 거슬러 오르도록 하자
그렇게 너의 울음은 뚝뚝
하얀 피를 우유처럼 떨궈
이미 상해 버린 신의 만찬 테이블에
다 부르지 못한 새들의 눈빛을 속기하는 듯했지
칼날과 칼등의 봉합선 사이에 공기의 눈을 뚫어
공중에 뜬 것들과
땅 위로 가라앉는 것들 사이를
물고기처럼 헤엄치면 좋겠지
우리의 말들은 만지면 터지는 물방울과도 같고
던지면 던지는 대로 말랑해지는 연약한 돌멩이와도 같아
내가 칼을 던져 네 몸을 찢으면

그 칼이 허공을 휘돌아

병든 새의 울음으로 내게 다시 날아오지

희부연 공기 속에서

액체를 날개 삼아 빠져나온 얼룩

기우뚱한 모자를 쓰고

그 얼룩으로 눈과 귀를 문지르면

나의 웃음은 적막한 절망의 면도날이 되고

그 얼룩으로 손과 발을 감싸면

나의 꺼칠꺼칠한 길들이 눈부신 나무들처럼

하늘 너머 말들을 음독音讀하게 되지

나는 비탈에 매달려 먼 데를 보고

너는 비탈 안에서 먼 곳의 부재를 오래도록 살피려무나

하나는 떠 있고 하나는 갇혀 있으니

우리의 하늘은 날려 보내면 굳이 돌아오려 하는

새들의 섭리와도 같아

삶도 죽음도 이미 다 겪은 건강한 노인 하나

이곳을 올려 보고 웃고 있구나

신나게 뛰어내릴까?

녹슨 꽃

희열에 찬 눈을 보고 있으면 많이 생각난다
내가 그것을 보고 있지 않을 때에도
너의 다리 사이로 흐르는 물이 고체처럼 느껴질 때에도
긴 섹스가 어두운 사막 속에서 차가운 돌을 꺼내는 일
같을 때에도

내 입맛은 텁텁하고 무거웠다
피부를 떼어 내면 비명 대신
입 안에서 붉고 차가운 항아리 같은 게 쏟아져 나올 거다

너는 꽃이라 여겨 방긋 웃고
나는 근육마다 굳어 있는 피를 벗겨 낸다

푸르스름했다가 누렜다가 다시 하얘지는 그것은
착각의 거울이었다
이를테면, 죽음의 여러 낯빛이었다
산 사람의 열망을 해체한 도끼날처럼
행동과 판단 사이를 쪼개 놓은 물체의 그림자였다

벽 앞에 서 있다

꽃이 흠집처럼 꽂혀 있다

오래 닳아 가루가 돼 버리기 직전인 쇳덩이의 벽

죽음 쪽에서 버짐 핀

영생의 총안 같은 질膣

너는 꽃이라 여겨 피워 올리려 하고

나는 온몸으로 퍼뜨려 더 큰 상처로 내보이려 하는

공기놀이

손가락을 동그랗게 오므려 허공을 쥔다
지나가는 버스에 던지고
차창에 머리 기댄 여자의
숨어 있는 말풍선을 터뜨린다
묶여 있는 개에게 펼쳐 핥게 하고
공중에 높이 던져
가로수 잎에 살짝 걸쳤다가
다시 떨어지는 걸 두 팔 크게 벌려
끌어안는다
감은 두 눈에 살포시 얹어
눈알의 크기를 재 보다가
눈 속 깊숙이 펼쳐진 꿈의 색채들을
거리의 투명한 유리벽 위에 황칠해 보인다
허리를 굽힌 채 또르르 굴려
사람들 다리 사이로 통과하는
시간의 뒷덜미를 무너뜨려서는
지나온 길을 다시 가는 길로 구부러뜨린다
돌아올 땐 굴렸을 때보다 더 크게
떨어질 땐 던졌을 때보다 더 둥글게

파문하는 공허

비역질하는 들숨 날숨

손가락을 길게 뻗어

몸 안의 모든 공기를 날려 보낸다

바람에 숨어 바람의 씨앗으로 움츠러들고

내 안에 스며 가장 작은 미래의 홀씨로 번진다

손가락을 접었다 폈다 하는 사이,

움직이다가 멎고

단단해지다가 빈틈이 되는,

보이지 않는 시간의 토기

토끼가 되렴 염소가 되렴

비둘기가 되렴 도마뱀이 되렴

손가락 사이에서 춤추는

공기의 형상들

날고 뛰는 색깔로 번져

궁극의 투명으로 납작해지는 세계

몸을 굴리고 굴려 기어이 안 보이는 굴속으로 잦아드는

대낮의 무미하고 찬연한 공기방울들

주먹 쥐고 일어서니 절벽인 거리

죽음의 외경畏敬, 혹은 외경外經

　　말의 안쪽 벽에는 문이 없다 어둠을 썰어 도열한 글자들
은 실로 꿴 뼈다귀들처럼 흐물흐물 춤추고 겹겹이 둘러싼
그림자들은 예수의 또 다른 임종을 사열한다 모든 것이 다
만, 개미의 노래 같은 소리로 통과했고 소리가 그친 다음
엔 다시 눈뜬 예수의 푸른 타액만 흘러 넘쳤다 그는 혹시
예수가 아닐지도 모르지만, 억겁의 말이 걸어 잠근 침묵의
공동 안에서 홀로 숨 쉬는 자를 현세엔 예수나 붓다라 부
르는 관습이 성행했다 혹여, 어느 집 없는 자가 오래 떠돌
며 부려 놓은 발자국들을 길게 꿰어 이어 붙인다 한들, 어
떤 완전한 파국을 일목요연하게 액자처럼 걸어 놓을 수 있
겠는가 나는 단지 잘 말할 수 없는 것들을 혀에서 떼어 내
말의 안쪽 벽에다 길게 그려 놓으려고만 할 뿐이다 벙어리
거나 장님이거나, 그도 아니면 사지가 굳은 반편의 몸놀림
에 불과할지라도 암흑 속의 눈과 귀를 채로 썰린 어둠의
중심에다 걸어 두면 그것들이, 저 스스로는 몰라도, 뭐라
잘 판독되지 않는 시간의 파동을 소리 나게 하거나 색칠하
게 될 것이라 두서없이 믿어 볼 따름인 것이다 내게 예수
란 형태가 없는 벽이 기어이 형태를 갖추며 도드라져 나온
어느 무생물이거나 괴물이어도 반가운 동족이다 어쩌면

예수란 어릴 적 꿈에 웬 늙은 소와 함께 나타나 나를 무등 태우고 물속을 걸어 다니던 중늙은이인지도 모른다 그는 집을 짓는 목수였는데, 골조만 세운 처마 위에 올라 망치질을 하며 새된 노래를 불러 젖힐 때면 보이지 않는 바다가 출렁이는 게, 흡사 건너편 나무 위의 새들이 노래를 따라 하다 유리인형처럼 굳어 나무의 수액들을 투과시켜 흘려보낸 건 아닌가, 내 눈알이 내 온몸을 삼켜 버리는 것이었다 그건 한없이 맑고 깨끗한 장면이었지만, 깨고 난 다음엔 꿈의 그림자가 생시의 눈을 겁간이라도 한 듯, 한없이 어둡기만 했다 그래서 오랫동안 소리 내 울었는데, 그 울음의 파형이 잠의 안쪽을 돌고 도는 독수리의 날갯짓만 같아 황홀하면서도 무서워 짐짓 부풀어 오른 고추를 한참이나 만지작거린 기억이 있다 내 몸이 내 뜻과는 다르게 춤을 추거나 불을 지를 수도 있다는 걸 깨달은 순간이란 게 그러한 것이었다 하여, 말이라 하는 것이 꿈에서 저지른 불경不敬을 입에 물고 불을 뿜는 몸 안의 누룩이거나 몸이 가닿지 못한 천상을 인간의 두뇌 속에 욱여넣어 짓씹으려 하는 오욕의 되새김질 같은 거라 여기게도 되었다 그래, 나는 그림을 그리고 춤을 추고 노래를 불러 납작하게 눌어붙은 종이

속의 예수와 종이 속의 바다와 그보다 더 희미하게 주저앉은 집을 찾아 내 몸을 쪼개고, 불을 붙이고, 혀끝의 촘촘한 가시로 회를 떠 세상엔 드러나지 않는 형상을 어둠 속에 새겨 넣으려 한 것이다 그럼에도, 예수란 그것을 믿거나 믿지 않는 것의 문제를 떠나 내 안에선 한번도 살아 본 적 없는 말로써 도륙된 자의 허명虛名이라 믿지 않을 수 없는 것이, 그려 내고 불러내고 회를 쳐 댈수록 그것은 한 점 살도 피도 없는 어둠 속 뼈다귀의 흔들림, 그것의 그림자에 불과한지라, 나는 그가 다름 아닌 나의 허물은 아니었던가 라는 데까지 생각이 미쳤다 나는 발가벗고 춤추고 싶었다 춤이란 게 실상, 몸이 불이 되거나 물이 되어 사그라지길 바라 스스로를 스스로로부터도 방임해 버리는 일일 터인데, 그렇게 재가 되고 진물이 되어 바닥에 납작 엎드린 내 몸을 어릴 적 날 무등 태웠던 소에게 먹이거나 울음을 갈아먹던 독수리가 목 축일 물로 여기게 된다면 그제야 어떤 뚜렷한 말들이 흙 속이거나 바닷속이거나 누가 죽어 걸어 잠근 저 깊은 벽 속의 어둠 뒤에서 뼈다귀들에게 살을 입혀 뚜벅뚜벅 걸어 나오게 되지 않을까 믿게 되었던 것이다 어쩌면, 이미 생의 절반 굽이를 다 넘긴 내 몸의 지난

궤적을 누군가 기다란 실로 꿰어 어느 차가운 별의 문패로 걸고 부식토로 깔아 수천 년 전에나 읽혔을 청동이나 조개의 껍데기로 만지작거리고 있을지도 모를 일, 그런 연유로 나는 죽음에 대해 말하는 책을 깊게 읽으면 여전히 고추가 발악하는 걸 아직도 이 생이 누가 꾸다 만 꿈의 뒷자락이거나 만지려다 실패한 여인의 기나긴 그림자에 불과하다는 사실을 깊이 새겨 딴딴하게 살아 있는 내 해골을 이승에 만지고 싶어 하는 까닭이라 믿을 따름이다 그렇게 오늘도 나는 한 여자를 덮고 잠들려 하고 죽으려 한다 해골이 살을 어루만져 묻어 나온 타액이 이 캄캄한 벽 속에 얼어붙은 천년의 잠을 낱장으로 갈라 펄럭이게 한다면 바람아, 너는 이미 만년토록 해독 안 된 너의 진심을 어둠의 낱알로 몸에 둘러 춤추고 있었음을 만년 뒤의 죽음에게 일러라

할 말 없이

나비 한 마리 날갯짓에 길섶이 말을 건다

느릿느릿 길 따라 걷다

안 보이는 발자국이 나비의 집이 되고 관이 되려나

할 말이 없어 눈만 비빈다

망막 속 동그란 거품 안에 나비가 떠 있다

감옥에 갇힌 마음 같은 걸 떠올렸다

길섶이 사라지고 나비가 나보다 커졌다

계속 할 말은 없고,

나비는 계속 커져 가고,

해가 벙어리의 긴 혀처럼 몸을 녹인다

그렇게,

아주 쉽고 아쉬운 저녁이 왔다

어제까지 여기 있다 사라진 철교는 오늘의 꿈이었을 것

강물이 머리 위에 떠 있다, 나비가 울고 천둥 친다

이 고요는 어느 세기 태양의 흑점 같다

나비가 운다

기둥만 남은 다리가 하늘로 걸어간다

그림공부

그림을 그리고 싶어 종이를 펼쳤다 하얗고 멀고 차갑다 연필을 대면 펄럭이는 입김, 숨을 쉴 때마다 선이 하나 그 어진다 하품을 하거나 여자를 생각하거나 이러다가 죽겠 다는 기분이 들 때도 선이 하나 그어진다 하나 그어진 선 은 두 갈래 세 갈래가 되고, 두 갈래 세 갈래로 갈라진 선 이 하나의 몸통이 된다 숲도 있고 나무도 있고 불도 있다 그 사이로 흐르는 물이 되고 싶어 다시 선을 긋는다 선은 먼저 그은 선에서 다시 갈래로 흘러 불을 적시고 숲속에 숨은 집이 되었다가 집에 사는 요정이나 소녀 따위를 유린 하고 접붙이고는 그대로 드러누워 원이 되었다

가장 먼저 떠오른 눈과 코와 입을 원 안에 그렸다 사람 을 떠올렸으나 고양이가 되고 고양이 울음을 그렸더니 새 가 난다 새소리를 그리긴 쉽지 않다 선이나 원이 마구 섞 여 흩어지는 꼴을 그리려 했으나 짐짓 사람 얼굴을 한 입 방체 하나가 의도치 않은 음영까지 드리우며 말을 건다 사 람의 말이 듣기 싫어 선을 그었으나 선은 말이 되고 말의 뜻으로 번져 또 하나의 거룩한 세계가 된다 탈출하고 싶어 비행운을 그려 넣었다 날지 못하는, 뜯긴 고양이 털이나 부

러진 나무뿌리의 그림자 같은 비행운, 그것은 소리 없이 움직이는 사람의 날개와도 같다

　사람은 땅에 숨어 하늘에 뜬 날개를 찾는다 말의 울림이란 게 대개 그렇다 날개를 찾다가 정작 날개가 생기면 다시 추락하고 싶어 몸을 뒤채는 놀이, 입을 더 굳게 닫고 선을 긋는다 다른 방향으로 그어진 선들이 기실, 단 하나의 뿌리에서 뻗친 가지처럼 정작 피하고자 했던 단 하나의 얼굴을 그려 낸다 만지면 저 스스로 찢어지는 거울 같은 것 필요 없으나 이미 거울이 돼 버린 종잇장이 만개한 숲과 무너진 집과 불타 버린 나무를 능욕당한 소녀의 꼴로 일으켜 세운다 사랑에 빠진 걸까, 나는 종이를 찢는다 그림 그리던 자리가 하얗게 구멍 뚫렸다 나는 어느덧 현세의 무덤으로 들어가 한 줄 선이 된다 곧추서면 그대로 찢어지는 순결한 지옥의 솟대가 그렇게 솟는다 새는 내 눈알을 파먹으며 땅 밑의 창공을 끌어올리고

백치의 산수

현관에 놓인 신발들을 보니 이 집에 없는 사람이 살고
있구나
괜히 문밖으로 나가 노크를 한다

아무 소리도 들리지 않는다

문을 열고 들어와 신발을 벗고 신발 개수를 확인한다
검은색과 푸른색 신발이 있고
흰 신발이 하나 구겨져 있다

흰 신을 신고 잠깐 나갔다가
돌아오자마자 검은 신발로 갈아 신는다

흰 신을 신은 자는 밖에 있는데,
흰 신이 말하려다 턱이 빠진 사람처럼
나를 올려다본다

푸른색 신발 위엔 지난봄의 나비가 어른거린다

신발을 벗고 방으로 들어오니 더 먼 곳으로 나와 버린
기분이다
문 쪽으로 귀를 기울인다

선회하는 나비의 기침소리

공책을 펼쳐 어제 하려 했던 말을 적어 본다
아무 말도 써지지 않는다
검은 신이 뚜벅뚜벅 방으로 들어온다

허리를 구부려 신발을 신는다

굴속으로 들어가는 사람이거나
물속에서 기어나온 사람이거나

이 집엔 많은 신발이 걸어 다니고 많은 사람이 말을 한다
나만 빼고 모두 살아 있구나

화염무지개

무슨 부정한 짓은 아니었을 건만, 나는 너와 뭔가 저지르고 싶었다 네가 없었어도, 굳이 네가 아니었어도 저지르고 말았을 일을, 저지르지 않고는 내가 내가 아니고 이 세상이 이 세상이 아니게 될 그럴 일을 저지르려 했을 뿐이다 깊은 수렁이었거나 까마득한 사막의 어느 구릉 사이 모래로 쌓인 침실 같은 곳에 도달해 나는 너를 쓰러뜨렸다 쓰러짐이 없으면 시작되지도 않을 일, 다시 일어서면 다시 모래로 가라앉아 태양이 훑고 가는 머나먼 지평의 끝이 바다로 떨어지는 그럴 일, 바다에서 용솟은 지상의 온전한 뿔이 태양의 음부를 들쑤시고 그렇게 검은 꽃비가 천지를 가득 메우게 될 일, 그러나 나는 실패하였다 너를 쓰러뜨린 사구의 침대엔 너 아닌 누가 누워 있었다 혀를 물큰 씹어 물게 하는 그것이 살의殺意라는 걸 나는 금세 알아차렸다 정수리 끝에 불이 붙어 두 팔을 휘저으면 흡사 이곳이 해저라도 되는 양 공기의 밀도를 크게 바꾸며 헤엄이라도 칠 수 있을 듯했다 살의라는 게 매우 상쾌하고 마음 북돋게 하는 감정이라는 걸 새삼 알았다 누워 있는 자는 낯이 익었으나 누워 있는 자세는 매우 낯설었다 태어나기 전부터 알던 사람인 듯싶었으나 그런 생각을 하자 내가 한번도 태어난 적이 없었다는 자각도 동시에 들었다 몸 밖의 바람이 몸 안의 바람을 접고 이생과는 다른 방향으로 사물들의 형태를 일깨우고 지우며 모래폭풍을 일으켰다 누워 있는 자는 가만 보니 수년 전 죽은 숙부였다 살아선 보지 못한 숙부의 해골이었고 만나선 들어 보지 못한 소리로 얼큰하게 숨을 쉬었다 네가 보이지 않았다 달아났는지 숙부의 살 속으로 들어간 건지 알 수 없었다 나는 매우 꾸중받는 아이의 심사로 숙부의 말을 들었다 숙부라 여겨 숙부라 깨달았을 뿐, 그는 사실 사람이기도 사람 아니기도 하였다 숙부의 탈은 내 머릿속에서 가공되었거나 죽은 뒤에나 꾸게 될 꿈을 미리 덮어씌워 순간의 당혹을 감추려 한 작당인지 몰랐다 숙부를 숙부라 일컬으니 한 조각 모래더미조차 숙부가 되어 버리는 사변事變의 비밀을 나는 오래전부터 잘 알고 있었다 내가 너와 함께 저지를 그 어떤 일의 내용에 대해서도 오래전부터 잘 알고 있었다 그러하니 죽음의 틈을 빠져나와 우리의 침소를 선점해 맨살의 해골로 누워 있는 숙부 또한 너의 온전한 몸속이거나 내가 꾸는 네 몸속의 허방에서 주조된 무지개 같은 것일 수도 있다 나는 숙부가 사라지는 걸 그렸다 숙부는 모래 한 톨 한 톨을 모공 삼아 부드럽게 지워졌다 지워지는 소리가 청천벽력이라고 너는 말했다 나는 그 들리지 않는 말을 네 몸에 그렸다 그릴수록 지워지는 네 몸이 내 안에 있었다 너를 핥으니 내 모공 속에서 연기처럼 발기한 말들이 흘러나왔다 지상에서 많은 사랑이 있었고 사랑 속에서 어떤 시간들이 새가 되고 모래가 되었다 나는 너를 끌어안았다 세계의 궁륭이 으스러졌다 모래 속에서 새들이 고개 들었다 씹어 삼키면 불덩어리로 날아오를 무지개를 깨물고 있었다

달의 혈족

자꾸 누가 따라와서 그랬을 거예요 몸이 뒤집혀 말을 하려 하면 말의 입자가 토각토각 동강 나 이빨만 부르르 떨었어요 돌아보면 소금기둥 아니라 내 몸이 벽이 되고 그걸 뚫고 갈 수 없어 그대로 관이 되어 누가 밟고 지나갈 길이 몸 안에서 튀어나올 것만 같았죠 걷고 있어도 내가 걷는 게 아니고, 보고 있어도 내가 보는 게 아니었어요 큰 개가 한 마리 획 지나간다고 느꼈어요 다시 보니 아무것도 없고 내 그림자가 달빛을 먹으며 크게 자라고 있었어요 걸음을 빨리 했죠 무슨 고기 썩는 냄새 같은 게 풍겼어요 갑자기 배가 고파졌어요 남자인지 여자인지 모를 말소리 같은 것도 들렸지요 또 돌아보니 바람 지나 쓰러진 나무가 있고 흰 달이 해죽해죽 웃고 있어요 겨드랑이와 목덜미에서부터 털이 자라났어요 무슨 큰 죄를 지은 게 있어 쫓아오는 달빛을 무서워할까, 쫓기면서도 복부에 아련하게 맺히는 이 따뜻한 기쁨은 무엇일까, 갑자기 이가 가렵고 손톱으로 제살을 찢어 쓸모없어진 근육들을 지나가는 개에게 먹이고 싶어졌죠 눈앞에 불 켜진 교회가 있고, 나무들이 기립한 숲이 나타났어요 나는 다만 집으로 가는 길이었는데, 세상에 내가 돌아갈 집이 과연 존재하기나 했었을까 의 아해졌어요 어둠의 속도만큼 허기가 더해지고 허기가 깊을수록 무성해지는 털이 허기를 가리는 방패거나 색욕을 북돋는 가시 같았죠 몸 안의 추위가 싸르락싸르락 길을 쓸고 지나 사위가 온통 시커먼 얼음의 동굴로 변했어요 문득, 한 사람의 그림자가 먼 데서부터 커지더니 이내 숲이 되고 벽이 되고 달의 큰 문으로 이어진 검은 무지개다리가 되었어요 그 위를 네발로 기어올랐어요 기어오를수록 몸이 갈가리 찢기며 발 아래로 피가 뚝뚝 듣고 있었어요 아랠 내려다봤죠 시커멓게 응혈진 목소리들이 이빨 갈며 웅덩이로 번지고 있었어요 무슨 큰 죄를 지었기에 내가 지난 길들이 나를 삼키려 들까, 나는 오로지 달만 보며 기었어요 달빛이 베어 낸 그림자는 연신 아래로 떨어져 이 세상엔 없는 말들로 핏물을 흘리고 그림자에서 달아난 몸이 끝끝내 달의 둔부를 깨물려 하늘의 계단을 몸 안에 차곡차곡 쌓아 올렸죠 다가갈수록 털 무성해진 몸은 지상으로 추락해 첫 피를 맛본 여자의 개가 되거나 왕이 될 거예요 그날 이후, 사각사각 갉힌 달이 주기 없이 모양을 바꾸며 앓는 소리인지 교합의 탄성인지 모를 파동으로 피를 흘리면 자꾸 뒤돌아보게 돼요 내가 돌아가 몸을 뉘었던 그 집에서 태어난 아이가 사람인지 늑대인지, 몸을 뒤덮었던 털들이 달의 분화구 속에서 만난 거대한 숲의 일부인지, 거기서 떨어져 나와 세상에서 가장 연약한 음부를 감싸고 스스로 집이 된 짐승의 허물인지에 대해서도

2부 흡혈 묘목

실패한 산책

혼자 걷는 천변이 너무 고요해,
해만 둥그렇게 입 벌리고 있어,
그 입에서 나온 말을 길 위에 그려 보려고,
그 입에서 터진 소리를 울려 귓속 동굴을 꺼내 보려고,
길을 짓밟고 동굴 속에 불을 켜 해를 가둬 보려고,
해의 심지를 부추겨 세상을 태워 보려고,
햇빛을 백색 가루처럼 뒤집어쓴 너는 말끝이 자꾸 불꽃
되어 지워지는 시를 썼다

밤의 허기로 채운 책들이 저물녘에야 오리 떼처럼 꽥꽥
거리고
양쪽 귀 사이로 타전되는 밀담을 알아들을 수 없다
나는 네가 되기 위해 말할 뿐,
내가 나를 말하기엔 나는 나를 이미 모른다
머리에 뿔을 달고 혼자 떠도는 저녁 모퉁이,
빛과 어둠 사이에 그림자가 없다
해의 밀령을 판독 못해 저격당한 별만 오롯하나
오리 발자국 무늬만큼의 기별이나마 해의 이마에 적어
두지 못했다

평범한 전이轉移

하얀 나팔꽃 정원에 검은 나비가 떴다
지난 밤 달의 분진이 해에 그을린 자국일까
해의 흑점이 손에 잡힐 듯 분명하다

살짝 감은 눈 속을 나비가 기웃거린다
뇌수를 갉아먹는
오래된 여인의 나체

꽃의 뿌리가 허공에 우뚝 서
나비의 몸통을 꿰뚫고 지난다

드러누워 있던 여인이
향기로운 낮달의 그림자를 껴입고
해죽해죽 웃는 소리
귓바퀴 타고 흐르는 사천 마디의 교향악

눈떠 보니 나비가 없다
뿌우뿌우 하늘 향해 짖어 대는 꽃들

골수에 들어앉은 여인이 지축을 악물고 노래 부른다
여인의 죽은 피인 양 쏟아지는 햇빛

물인 줄 알았던 게 불이었다
식물인 줄 알았던 게 금수이었듯

가을 산파

1
가을이 문턱에 와 나무들의 시간을 알린다
살아 본 적도, 살게 될 것도 아닐 시간들
그럼에도 이미 살아 버리고, 더 멀리 또 살게 될 시간들
나무는 움직이지 않으나
나무를 스친 바람만이 나무의 초록을 핏빛으로 우려내
는 밤
색채 변하는 소리는 눈물만큼 고요하다
그 고요 속에서 걸어와 커튼을 뜯어내는 여인
햇볕에 녹은 커튼이 다시 실이 되어 만 갈래로 흩어지는
저녁
바람 끝에 독을 버린 뱀처럼 맨발에 감기는 실오라기들
무슨 무늬를 짜내려 온밤이 물레질일까
나는 여인에게 자리를 양보하고 그림자를 거두어 신음
하는 별빛을 막는다

2
문을 걸어 잠글수록 바깥이 더 투명하다
나는 여인의 바깥에서 죽은 별이 되기로 한다

몸은 늘 그 자리에 놓였으나

그 몸을 꿰찬 사람은 살아 있는 내가 아니라

해의 주름들 사이를 걸어서 나온 한 차가운 여인,

언제 적 동침했던 살덩이일까

기억을 파낼수록 여인은 점점 모르는 장막이 되고,

낯이 더 설어질수록 여인은 이미 내 방 한가운데서 석류처럼 하혈 중이다

3

나는 바람 속에서 죽었다

그 바람이 하도 차가워 죽을 때까지 불을 지피고 술을 마시고 몸을 뒤집었다

뒤집힌 말들이 그려 놓은 이생은 한 번도 살 붙여 보지 못한 뼈다귀들의 공장,

피리 불 듯 입김 넣어 보면 달의 둔부에 못 미쳐 날던 새가 떨어진다

새 떨어진 자리가 울던 자리보다 더 크게 울리고

가만 보면 달의 윤곽선이 크게 부풀어 그걸 끌고 크게 움직이는 어떤 형태가 있다

꿈에서나 보던 천공의 마차인가
죽어서나 타 볼 수 있다는 은하들 사이의 연락선인가

4
오래 불 켜 둔 어느 가을밤,
문 밖의 그림자가 돌연 방문해 날 겁간한 적 있다
여자였으나, 내가 여자라 여긴 모든 형상과도 다른 여자
였다
명백한 타인이었으나 만질수록 커져 가는 그 몸이
사후의 나란 걸 알고 희열에 차 울었었다
하룻밤의 망념이 천지를 끌어안은 날이었다
항문이며 입이며,
제 몸속 온갖 구멍들 속에 큰 덩치를 욱여넣으려 애쓰
던 그녀,
태어나기도 전에 죽어 버린 내 얼굴이 허공에 어른거려
어느 먼 데의 굴뚝을 한참 바라봤었다
누가 쓰다 버린 연필 촉 같았다
말로는 다 설명 못할 그림을 허공 창천에 연기 피워 그
려 대고 있었다

5

내 몸은 이제 전신을 다해 나의 바깥을 떠돈다

내 몸을 꿰어 찬 여인이 자궁을 떼어 내 문 밖에 건다

그리고 불을 끈다

다시 들어오지 말라는 부적으로 여겨 엎드려 절하고

더 깊이 새겨 두라는 풍경으로 여겨 이리 흔들고 저리 겨누어 본다

어둠의 궁륭이 쇳소리를 내며 내 안에서 고름 진 소리의 막을 흔들어 댄다

어디서 아이가 운다

아니, 노파였을까

그도 아니면, 남자의 소리론 뽑지 못했던

폐경기의 독 오른 한숨 소리일까

내 몸보다 천 배는 작은 자궁 속으로 몸을 숨겨 문 앞에 대롱대롱 매달린다

곧 태어나려는 것인지 더 멀리 죽기 위해 몸을 접는 건지 모를,

여인의 목소리로 성마르게 다시 우는,

오늘의 변태變態를 이 가을은 어떻게 기억할까

6

죽은 나를 버리고 나무 등걸에 몸을 누인다

굶주린 개나 늑대 따위와 따뜻한 볕 아래서 피투성이 사랑을 나누고 싶다

침묵 사냥

어두운 천변,
새소리가 밤의 한가운데를 긋고 지난다
검은 하늘에 하얀 길이 떴다
무슨 뜻인지 알 수 없다
그 소리를 적으려 막 잠 깬 코끼리처럼 귀를 펼친다
하고 싶은 말보다 듣고 싶은 말들만 사무쳐
나는 내 바깥으로 빠져나와 강으로 흐른다
오금이 저려 다리가 사라질 것 같아
파란 핏줄들이 강으로 쏠려,
먼 바다의 숨소릴 살피려
발자국 소리로 투레질하는 침묵의 심지를 목젖까지 끌
어올린다
몸 안의 산맥들이 푸르게 융기할수록
그 안을 흐르는 고요의 수맥은 하얗다
밤이 깊을수록 더더욱 하얘,
밤의 한끝으로 사라진 새들에게 젖으로 먹이고 싶을 정도
나는 오래 중얼거리던 입을 다물고
새들이 사라진 방향에 대고 몸 안의 신음들을 쏘아 올린다
흰 피톨들이 흉성胸聲의 폭죽으로 터져 밤의 껍질을 벗

기고

    쏟아져 내린 별자리들을 손으로 엮어 너를 향한 그물을
던진다

    그물에 끌려온 물체는 사람의 얼굴을 하고 있으나

    입은 오롯한 새의 주둥이

    별을 물어 내 방에 옮겨 놓은,

    흰 피가 묻은 영혼의 집게

    가슴에 꽂아 새하얘진 심장 속 묵은 피를 돌게 한다

    하늘의 말을 핏줄 속에 들이부어

    내 입이 그것을 조물거리는 순간

    피부에 천천히 깃털이 자란다

    하늘이 준 이불은 나를 감싸

    스스로 하늘이 되게 한다

    기어이,

    하고 싶은 말들이 긴 혀를 내밀어 밤의 밑동을 핥는다

    사람들은 모두 잠들었다

    그들 꿈속으로 들어가 환몽의 불침번인 양

    의식의 빈 나뭇가지 위에서 오래오래 울기로 한다

    울음의 날개가 되어

모두가 잊은,

　그러나 모두 숨기고 있는 최초의 말을 하얀 비로 내리게
하리

수은의 새*

거울에 새를 한 마리 그리고 그 모양 그대로 떠낸다
손이 베여 피가 맺혔다
새도 어느덧 피투성이
수은으로 가로막힌 벽 안쪽에서 새는 참 오래 울음 참
았다
핏빛이 그런데, 검지도 붉지도 않다

투명이라 부르기엔 분명하고
어떤 색이라 부르기엔 그 어떤 색도 아닌 색
새를 떠낸 자리 옆에 균열 진 작은 금들
눈이 그치지 않는 먼 나라를 생각한다

금들이 더 길게 이어져 마침내 동강 난 거울의 대륙이
내가 원하는 세상의 지도를 그려 줄 수 있을까
뒷면의 수은이 녹아 그대로 바다로 넘치고
그 순연한 독으로 길게 혼자 중얼대던 말들의 꼬리를 잘
라 낼 수 있을까

새의 몸통은 투명하나,

새를 통해 바라본 새의 뒷면은

이 세상의 빛과 다른 색으로 소리를 낸다

고요를 비추면 눈 내리는 소리를 내고,

긴 말을 얹으면 소리 없이 부서져 빈 방을 고요하게 얼

린다

투명한 유리의 동굴이다

금 간 거울 조각들이 하나둘 날개를 펄럭여 마침내 거

울이 텅 빈다

날카로운 침묵의 부리들이 내 몸을 찢고

나는 새들의 침투에 온 가지를 헌납한 나무처럼

고요히 피 흘린다

새들이 벗겨 낸 거울의 뒷면

앙상한 나무 판자 하나 전설 속 폐가처럼 빈 방을 어둠

속에 담고 쓰러진다

대기의 빙점 한가운데로 날아가는 썰매라도 되려나

저기 너를 태워

새들이 날아간 영원한 흰빛의 겨울 속으로 날아갈 수

있을까

새들이 운다
온 세상이 흰 붕대를 두른 거대한 짐승의 등짝 같다
눈이 완전히 멀기 전,
귓전을 스치던 유리의 새 한 마리 낚아채
짐승의 심장을 찌른다
이것은 결코 꿈이 아니다
거울에 갇혀 죽은 말을 읊조려 대던
그 시절의 환몽이 어처구니없이 생시 같았을 뿐,

* 옛날엔 거울 뒷면에 수은을 발랐으나 인체에 유해하다는 이유로 요즘엔
거의 그러지 않는다. 그래도, 수은이 발라진 거울이 진짜 거울임은 분명
하다. 거울이란 것 자체가 세상을 뒤집어 보게 하고 스스로를 발가벗게
하는 것이니 어찌 유해하지 않다 하겠는가. 그 속에 갇힌 세계가 내가 보
고 싶은 세계, 이 기나긴 꿈의 허위를 깨뜨려 버릴 실질의 세계라 믿는다.

물의 백일몽

#1

여름 호수, 해가 뜨겁게 내려앉은 물 위에 섰다 물에 비친 건 내 얼굴이 아니라 지난 밤 꿈이었다 물은 잔잔하지만, 그 위에 뜬 그림들은 지옥 같기도 낙원 같기도 했다 백 편의 시가 떠 있기도, 단 한 곡조의 정가正歌가 들리기도 했다 사람이 죽었고, 누군가 살인을 했으며 파란 모자를 쓴 남자가 옷깃의 피를 닦으며 아이스크림을 먹고 있었다 벌거벗은 남녀가 등을 맞댄 채 기다란 팔을 뒤로 꺾어 서로의 얼굴을 만지며 울었다 흰 뱀이 남자 입 속으로 들어가 여자의 질을 통해 빠져나왔다 아이가 울고, 울음이 그대로 창에 박혀 검은 산이 되었다

그렇게 전부 멀리로 흘러가는 영화가 되었다

구름이 끼고 바람 분다 물이 느닷없이 어깨를 들썩이며 춤춘다 물의 춤 속으로 얼굴을 넣고 물 안의 어둠을 마신다 숨이 막힐수록 춤의 그림자는 더 격렬하다 해의 빛 자락이 겨드랑이에 꽂힌다 물속으로 몸 안 가득 들어찬 소리를 뱉으며 거꾸로 날아오른다 물 표면에 일렁이는 불, 산을 태우고 그대로 커다란 전체가 되어 천체를 물속으로 끌어

당겼다 사람을 잡아먹는 물고기, 물고기를 잡아먹는 새, 새의 깃털에 집을 짓는 사람들, 흙을 파먹고 흑갈색 나무로 자라는 사람들, 서로의 얼굴을 뜯어먹는 남자와 여자, 거울에 박혀 거울 안쪽 깊은 침묵으로 숨 쉬며 사라지는 남녀의 그림자, 하얀 그림자, 편편하게 드러누워 해의 거울로 결빙되는 호수, THE END

#2
고요하다
물속의 사막이 몸에 고인다

내가 호수에 갔던 게 아니라
호수가 내 꿈에 찾아왔던가

깨어나 거울을 본다
눈 내리는 밤이다

인두겁을 쓴 용龍 한 마리
자신의 오랜 남자를 죽이고 있다

죽음이 오기 전에 미리
불을 깨물어 버리리,

뇌까리면서

정오의 지진

햇살 좋은
고요한 정오
웬 소 울음소리가 들려
문을 열고 밖을 내다봤다
거리는 텅 비었다
해가 뜨겁고
바람은 차갑고
집들은 그림자가 없다
다시 문을 닫고 들어왔다
또 소 울음소리
잠깐 멈춘 시간의 텅 빈 공터에서
제 말을 안으로 삼켜
숨을 다지는 공기의 물컹한 파동
가슴이 울렁거린다
허공에 소리 파형만큼의 동굴이 떠 있다
한 미친 여인이 소 등에 올라타
노래 부르며 이쪽을 바라본다
화가 난 것도, 슬퍼 눈귀가 막힌 것도 같다
누가 오늘의 지축에다 생전에 다 못 터뜨린 울음을

지하수로 파 놓았을까

소 울음이 먹물처럼 흔들리고

집도 딴 데를 기웃거리는 양 낮게 흔들려

다시, 문을 열고 거리로 나왔다

고요하나,

모든 색이 지워져 음영만 분명하다

태어나기 전에나 봤을

엄마의 젊은 시절 얼굴 같은 게

골목 어귀에 서 있는 것 같다

워 워 멀리서 소 부르는 소리

우 우 내 안에서 소의 말을 듣고 따라 하려는,

정체 모를 어떤 생물

거리는 여전히 요동도 없다

다시, 문을 열고 집으로 왔다

소의 목을 붙들고

소의 아가리 속으로 온몸을 밀어 넣는 미친 여인이

벽에 그려져 있다

무릎 조아려 절했다

잃어버린 말

어제 네게 많은 말을 하고
속이 부대껴 새벽 일찍 잠에서 깼다.
흰 머리카락이 베갯잇에 잔뜩 묻어 있다

찰랑거리는 별의 울음이거나
말을 엿듣던 밤 고양이가
난분분한 소리들에 길게 오줌을 쌌는지도 몰라

잠 속에서도 기나긴 말의 꼬리가 눅눅하게 이마를 간질
였다

무슨 총소리 같은 게 누선을 따라
목젖 아래까지 흘러
심장에 커다란 구멍이 났다

잠 속에서 바라본 천장이 혹한酷寒 탐험대의 막사처럼
출렁였다

북극에 다다랐다고 느꼈다

손끝에서 발끝까지
몸 안의 모든 뼈가 가늘고 긴 나뭇가지로 변했다

계절의 추위보다
몸이 스스로를 얼리는 핏줄 속의 추위가 더 쓰라렸다

오래 바라보던 침묵이 알을 깨고
대기권 바깥의 새들이 입 속으로 들어와
몸속 나뭇가지에 하얀 집을 지었다

행복이란 게 뭔지 깊게 생각했다
따뜻한 우유를 마시고 싶어, 덜 깬 정신이 중얼거렸다

속이 부대껴 수지침으로 손가락을 땄다
피가 하얬다

너를 사랑한 흡혈귀

드러눕는 곳마다 관이라는 걸 알아
말을 할수록 죽음에 가까워지고
그래도 영원히 죽을 수 없어 다시 입을 열고
그 입에,
그 차가운 이빨의 불쾌한 연주에
네 귀가 소스라치고
방 안의 모든 물건이 흉기가 되고
이 닦으려 물 틀 때마다 녹슨 핏물이 쏟아져
네 침묵의 따스한 혀가
너완 상관없는 시간의 독에 서서히 문드러져 가지
해가 무서워
내 말을 쇠똥만큼의 생명력도 소용없게 만드는
해가 무서워
나는 더 깊게 어두워져
스스로 무덤이 되고
스스로 차가운 달의 시종으로 엎드려 긴 밤을 헤매면서
무수한 너의 밤을 괴롭히지
네가 쓰다 만 말들의 긴 그림자를 훔쳐
그 쓰라린 침묵의 양 날개를

호의의 망토인 양 두른 채

막 꺼뜨리고 잠들려 하는

낯선 방들의 불빛들을 아귀처럼 삼키지

너의 꿈이 무슨 악랄한 불한당들의 땀으로 흥건해지고

너의 피가 점점 말라

하려던 말의 수맥을 제풀에 잘라 버린다는 걸 알고도
모른 척,

내 혀가 닿는 곳마다

터져 나오려던 아침 꽃들이 가지마저 끊은 채

그저 빈 방 고요의 미로 속에서 갈지자로 사라지는 걸
보고도 모른 척,

온밤을 피로 물들인 내 송곳니의 서슬이

내 유일한 죽음의 시늉이라 여겼지

살고 싶어서 그랬어

살고 싶어서 그랬어

죽을 수 없어 그랬어

죽음이 내 집이라는 걸 알아 더 그랬어

빌고 비는 말들마다 저주가 되고

가지려 아끼려 하는 시늉이 네겐 악귀의 탁성으로 멍울져

네 귀가 지금 온전한지 사뭇 두려워

다시, 나는 긴 밤 속에 누워

보이지 않는 하늘을 봐

내 말들이 날아간,

날아가 네게 피에 굶주린 이빨로 박히고

아침의 커튼을 검게 물들인

세상 어느 낮고 고요한 곳에서

쓰러진 너를 기꺼이 다시 안아

널 소생시키려 해

내가 왜 그랬을까

너는 왜 오래 고요했을까

긴 질문의 문을 닫고

내 송곳니로 내 혀를 짓씹어

기어이 내 안의 온순한 침묵 속에

나를 가둬 버릴 거야

아, 이제 죽을 수 있을 것 같아

잠들 수 있을 것 같아

너는 내 안에 오래 죽어 있어서

그 죽음이 부럽고 사랑스러웠던 거야

그렇게,

난 널 사랑해

죽고 싶었으니까

죽어서 사람이 되고 싶었으니까

가시

장미는 내게 말 걸지 말라고
가시를 키우는 게 아닐 거다

잘 만져 달라고 솟아 있는 그걸
손아귀에 마구 쥐고 피 흘렸다

피 흘리는 건 나지만,
피 흘리게 만든 네가 아마 더 아팠을 것

흘린 피는 내 것이지만,
그걸 보는 네 눈의 핏빛이 더 붉었을 것

피 묻은 손으로 몸을 문질렀다
홍열이 돋고 몸의 안팎이 바뀌어
마음과는 다른 말이 피비린내로 번진다

하얀 벽 앞에 가만 서 있는 네게
벽 속의 어둠을 읽으려 귀만 쫑긋 세운 내게
스스로 키운 것도 아닌 가시를 세워 침묵하는 네게

온몸으로 가시가 되어 벽으로 달려드는 내게

해가 비친다
해는 어둠의 가시

똑바로 바라본 네 얼굴이 아름답게 따가웠던 이율 알겠다
내 몸에 옮아온 가시들이 너의 부득이한 말이었단 걸
이제 알겠다

겨울 낮 천변에 우뚝 서 햇빛을 받는다
내 피를 터뜨려 결국엔 해의 분침이 돼 버린
한겨울 영문 모를 봄꽃의 각혈

고요한 가시가 운다
이제 네가 날 만질 차례
내 눈을 부드럽게 찔러 박명에 갇힌 너의 색을 꺼낼 때,

흡혈 묘목

최대한 볕을 피해 뿌리를 박았다
내가 태어나려고 생전에
무슨 사태가 있었는지는 이생이 끝나 봐야 알 일,
해를 향해 고개 들수록 얼굴이 하얘지고 피가 메말라
땅 속 두더지나 뱀 따위가 그립다
태 속에서부터 무슨 거짓말을 소리 크게 들었나 보다
자랄수록 더 어둠 속으로 들어가
해 아래 쏟아지는 말들의 그림자만 파먹으며
밟으면 무너질 성을 쌓는다
무너지기 위해 더 쌓고
더 잘 사라지기 위해 그림자를 두텁게 칠하며
밤의 첨탑이 해의 뒷면을 찌르도록
긴 울음의 날을 세운다
나무의 정신이 뿌리에 있다 치면
세상의 모든 나무는 결국 다리를 벌려
몸 안의 음기로 빛을 삼키며 한세상 지탱하는 것 아닐까
그렇더라도,
무슨 순리의 별종이라 자처하진 않겠다
동굴 속 박쥐들이 고개를 거꾸로 세우고 하늘을 떠매려

하는 걸

　어둠의 밀령을 공수하려는 속 깊은 반란이라 우기지도
않겠다

　땅 속은 깊다

　너무 깊고 투명하게 어두워 외려 눈부시다

　너무 눈부셔 눈이 멀고

　눈을 찌르는 아름다움 앞에서 내가 악마가 될 수밖에
없는 까닭이

　거기 있다

　나의 세월이 죽음을 한없이 연장하는 건

　이곳에 걸린 달력들의 운동이 해의 법칙과 다른 탓,

　시간이 지날수록 이곳은 더 먼 과거다

　자랄수록 아이가 되고 죽을수록 명백한 삶이 되기에

　내겐 늘 피가 모자라다

　차고 투명한 물은 안 된다

　백지 앞에서 생명을 앓는 시인이고 싶지 않다

　붉고 노란 꽃들의 본령 따위 관심도 없다

　유혹과 소멸의 냉엄함이 나는 싫다

　해의 수액들이 박멸하려는 건 내 삶이 아니라 죽음이고

사람의 말들이 일깨우려는 건 내 이름을 거짓의 명패로
바꾸는 일,
그래, 나는 밤이 되어서야 살고
밤의 더 깊은 속으로 들어가기 위해
당신이 잠결에 열어 놓은 정신의 유로를 따라
이미 당신이 기억에서 지워 버린 탄생 전의 내분들을 불
러일으키며
아름다운 목소리가 파묻힌
당신의 혈관을 탐식하는 것이다
나를 만지면 모두 죽는다
내가 못 죽을 죽음을 대신 사는 것이다
나를 죽이려 하면 모두 거짓말쟁이
거짓의 태초를 박멸하는 짓이다
어둠이 늘 스스로 속삭이게 하던
당신의 진실에 귀를 막는 것이다
어둠 속에 거꾸로 머릴 박고
해의 입자들이 서서히 세계의 그늘들에 간지럼을 태울 때
나는 다시 어느 고요한 응달에서 눈을 감는다
아픈 개이거나 먹이를 놓친 까마귀 족속들이 내 유일한

친구

　누구, 해의 진심에 상처 입은 사람 있다면

　볕을 피해 내 곁에 와 쉬라

　아무 말 않고 울렁대는 대낮의 신음이 낯선 시로 들린다

면 친구여,

　내 뿌리를 거둬 당신의 쪽방 한구석에

　신이 버린 생명의 뼈대인 양 자그맣게 걸어 두셔도 좋겠다

　네 피를 마셔 네가 오래 아픈 이유를 보여 줄 테니

　밤이 길다

　나는 나의 누명을 혼자 사랑한다

　내 안의 모든 핏기를 지워

　잎도 열매도 키우지 않는

　지상의 단 한 그루 나무가 되리

맴도는 나무

깊은 바닷속
너는 침묵의 눈길
물속의 하늘
아래
고요한 나무

손을 내밀어 나를 만져 줘

살며시 떠올라
눈이 너무 젖었어
혀를 내밀어 봐
너의 물을 내게 줘

맴도는 나무
서 있는 침묵

내 안의 여자
네 안의 나무

바닷속에 집을 지을 거야
꿈을 꾸듯 떠오르는 검은 고래

눈물 속에 꽃을 피울 거야
매만지면 춤을 추는 혼

내 안의 여자
네 안의 나무

네 안의 남자
하얀 불을 켜

사슴과 사자

1

너의 잠 속이 궁금해

사슴뿔처럼 꼿꼿한 너의 결연함이 탐나

내 안의 사슴을 부르려 했는데 뛰어나온 건 굶주린 사
자였네

목멘 노래를 벼려 스스로를 물어뜯는 사자

오래 버려두었던 사랑을 폭력으로 되새기는 사자

사자가 다가올수록 사슴이 더 커져

사슴이 사자를 이길 기세가 되었네

사자는 갈기 속에 얼굴을 숨기고

발톱으로 제 몸을 긁어 댔네

눈 안에 든 사자를 삼키며 사슴은

오랜 침묵의 울혈들로 새겨진 제 몸의 무늬를 핥았네

자신이 사자보다 더 커졌는지도 모르고

태생의 고요가 요동이었는 줄도 모르고

사자가 언제 덤벼들지 촉각을 곤두세운 채
뿔을 쫑긋 세웠네
점점 커져 가는 사슴뿔을 보며 사자는 더 허기져 갔네

사자의 고통과
사슴의 불안과
그 사이에서 점점 시간의 다른 윤곽선을 그리며 부풀어
오르는 나무들과
그 모든 걸 핏물 잉크로 속기하는 누군가의 하얀 손과
그렇게 붉고 푸르게 변색하다가
이내 새하얀 빙하가 되어 버리는 숲의 정경이
어제 꾸다만 꿈을 밀쳐 내며
오늘의 방 안에 떠 있네

무엇을 가리키든
사슴은 사자 사자는 사슴
마주 보며 위장을 비워 내는 서로의 눈을 찾아
열망인 듯 저주인 듯
탐닉인 듯 능멸인 듯

마음 속 설원에 두 몸 포개고 누워 있는 사슴과 사자

2
잠에서 깼다

사슴이 사자 속에서 조용히 울고
사슴 속에서 사자가 달리고 있다

짐짓 살아 있는 게 공허로워
구레나룻을 쓰다듬었다
네 입술과
네 혀가 묻은 자리에서 흐르는 푸른 즙액

오래 입 다문 채 옆에 누운
네 머리의 뿔을 떼어 거울 앞에 섰다

사람의 알몸으로 미망의 털을 벗고 일어선 사슴아,
사자의 숲 속에서 네 불안의 첫 포효를 터뜨리럼

예수의 뜰

더러운 땅을 맨발로 오래 걷고 있으나
흙 한 톨 묻지 않았음을 미덕이라 하지 않는다

발등에서 연꽃이 피어올랐다

눈빛으로 꽃의 이름을 쏘아 만방이 큰 목소리로 울었다
해도
그것을 사랑이라고만 찬양하지 않는다

차라리 이 순간의 죽음을 얻어 태양의 뿌리에서부터
숨죽인 불의 눈물을 매만지리라

그러니 계속 걷는다

죽음이 찰나의 등불로 올라
입 닫아 버린 지평선의 거무튀튀해진 금이빨이
노을의 혀를 깨물 때까지
미쳐 걷는다

걸음이 허공이 되고 허공이 바다가 되는 장면을
꿈이라 생시라 분간하지 않을 때까지
걷고 또 걷는다

걸음이 구름이 되고
피곤이 날개로 펼쳐져
저물녘 새들의 침소가 사람의 눈으로 밝아진다

한 바다의 깊은 계곡이 몸 안에서 솟아
사람의 우둔과 사람의 과욕을 물방울 속에 가두어 터뜨
릴 때까지

걸음의 끝은 이미 거쳐 간 지옥의 문지방
주저앉아 발아래 풀을 뜯는다
누가 흘린 밀알이었나 이미 사라진 불의 그림자였나

길의 끝이 활활 타오른다
미리 펼쳐 본 내생이

중력의 발원처에서

연꽃의 진짜 이름을 기일게 곱씹어 보는 저녁

바닷가 화가

아침 바다는 아청빛 저주로 불탄다
흑백 불면을 적시는 푸른 피의 장막
해면의 포말들 속에서 섬의 빛깔을 찾던 그는
물살에 목이 베인 소년을 사랑했다
남근을 그 입에 잘라 먹여
소년을 자기 안에서 낳고
바다의 어머니가 되려 했다

창으로 내다본 바다를 화폭에 실어 나르면
사람 얼굴을 한 새들이 집 주위를 떠돌았다
오래 사랑했던 여인의 허벅지도
이미 늙어 노파가 돼 버린 자신의 얼굴도 맴돌았다
피를 짜내고
내장의 진물들로 붓끝을 팽팽히 조여
그림 속엔 거듭 죽어 고래만 해진 시체들이 즐비했다

박쥐의 날개를 달고 하늘을 걷고 싶었다
그가 그림을 그릴 때
침상엔 그가 그렸다 지운 얼굴들이

메두사처럼 파도치며 그를 그렸다
그가 그린 것들 속에서 그는 스스로 그림이 되었다
그가 그린 것들이 그를
바다 한가운데 선체 없는 솟대로 꽂아 구경했다
하늘에 거꾸로 매달린 그의 머리를 상어 떼가 쪼았다
화구에 놓인 그림에서 시뻘건 바닷물이 줄줄 흘렀다

하늘의 빗면에서 하혈하는 바다
목이 잘린 채 그림 뒤에서 수음하는 소년
붓질을 더할수록 지워지는 캔버스
푸름도 붉음도 사라진 백색 지옥에서
그가 천천히 걸어 나왔다
소년의 목을 입에 물고
으르렁거리는 고래 심줄로 온몸을 감은 채
한 줄 한 줄 파도를 뒤집어
바다의 수평을 일으켜 세우고 있었다

계면조

#1
버림받은 여자 하나
넋 놓고 앉아 있다

햇빛 비친
거울 속에
거울에 비친 눈 속에
눈을 뚫고 들어와
똑같은 자세로 앉아 있는
내 속에

그녀에게 말 걸면
처음 듣는 노래의 선율이
지구 어디의 말도 아닌
사람 누구의 진심도 아닌
혹등고래의 휘파람 소리나 좇는
쓰디쓴 비음으로 거울을 녹인다

고양이 한 마리 그녀 앞을 지난다

몸집으로 보아 생후 2개월 남짓
그제야 몸을 바꿔
고양이를 끌어안는 여자

이글거리는 해의 무늬
공기 중 화인으로 찍힌 고래의 노래

다 자라 털이 엉킨
호랑이 한 마리 이를 앓으며
거울 속으로 들어온다

#1—1
거울 속에서 바라본 거울 바깥

버림받은 여자 하나
무릎에 호랑이를 누인 채 천천히 눈 뜬다

네 엄마는 누구니?
내려다본 여자의 눈 속에

비친 호랑이의 눈 속에
비친 하늘

정박으로 일어섰다
다시 순한 고양이로
엇박 타며 작아지는

다 자란 호랑이의 첫 번째 신음

첼로의 바다

문 밖에서 무슨 소리가 들린 듯해 내다보았다
아무도 없다
시야에 없을수록 더 또렷해지는 것들
계단 한 칸 한 칸마다에 부려 놓은 소리의 심줄
배고픈 고양이였을까
다가와 말하려다 이내 뒤돌아선 너의 진심이었을까

바라보니 층층이 눈을 밝히는 먼지의 켜
여리고 탁한 저음이 물결쳤다
건너편 집이 어제보다 낮아 보였다

문을 닫고 들어와 이불 속에 몸을 뉘였다
또 무슨 소리가 들린 듯해
숫제 얼굴을 이불에 숨기고
천천히 발돋움하는 맥박의 둥근 파형을 이불 밖으로 내
었다
공기 중에 작은 물방울들이 떠
이내 사위는 큰 바닷속

하얀 상어와 검붉은 불가사리와 머리칼 풀어헤친 우뭇
가사리 따위가
머리 한쪽을 허공에 떼어 낸 액자 속에서 너울거린다

각각의 이름을 되뇌어 본다
한 번도 입맞춰 보지 않은 화음으로
그들 각자의 소리가 분명하다
나를 부르는 소리는
네가 채 먼저 입 밖에 그려 보지 않은
몸 깊은 곳 물살의 시름

숨을 끊어 보았다
몸속 어족들이 아가미를 닫고
숨겨진 두 다리를 꺼내 이불 밖으로 달려 나간다

삼 일쯤 뒤에 깨었다
삼 일쯤 어느 먼 데를 나도 모르게 다녀온 걸 수도 있다
누워 있던 자리에 깊은 구멍이 패었다
머릴 박고 소릴 불러 넣었다

오래 살던 집이 그 아래 잠겨 더 많은 물고기 알을 낳고
있다

꽃의 그림자

낮엔 잘 보지 않았다
너무 예뻐서
그 예쁨이 칼 같아서

작은 불빛 아래 길게 누운 밤,
천장에 비친 잠의 그림자

실제보다
커졌다 작아졌다 한다

움직이기도
표정을 짓기도 한다

소리를 듣기도
속삭이기도 한다

낮 동안 오래 참다
어둠 속에서야 입을 꼬물거리는
스스로 잘라버린 만화萬化의 뿌리

빛이 없었다면
안 보였을 것이나
어둠이 아니었다면
눈여겨보지 않았을 것

꽃은 웃는 척 웃지 않는다
말하는 척 입 열지 않는다
누가 꽃에서 화사함만 보는가

천국과 지옥 사이에서 밀봉된 입술
누가 그 참혹의 체취를 훔쳐
선의만 치장하려 하는가

긴 침묵의 밤이 무서워
속 깊은 울음을 그림자만 내놓으니
나비 떼를 겁내는 이것은
멸종을 예감하며 네 입술에 핀
긴 사랑의 유골

경부회귀선

AM 9시 30분
겨울 하루,
네가 서울에서 출근한 다음
나는 대전으로 내려갔다
살면서 세 번 정도 가 봤던 대전에 그때 있었고
살면서 세 번 정도 아파 봤던 그 아픔 그대로 대전에 있었다
대전에 있다는 사실이 아무것도 바꿀 수 없다는 걸 알지만
아무것도 바꿀 수 없는 대전에서
모든 걸 처음부터 바꿔 볼까 싶은 마음으로
내가 태어난 부산을 떠올렸다

PM 12시 35분
네가 서울에서 점심을 먹을 때
나는 대전에서 언젠가 네가 걸어 다녔을 그 길에 있었고
다시는 네가 걷지 않을지도 모를 그 길에서 너를 생각했고
다시는 만나지 못할지도 모를 너를 그 길에서 오랫동안 기억했다

만나 보지 못한 과거의 너를 그 길의 그림자 속에 길게 늘여

　서울까지 전송했고
　내일이면 돌아갈 서울 하늘 아래
　언젠가 너와 같이 걷게 될 어느 길의 모퉁이를
　대전까지 끌어당겼다
　그렇게 대전이 견딜 수 없을 정도로 넓어져
　너를 찾을 수 없을 정도로 부풀기만 해
　내일은 대전을 떠나
　오래전 내가 걸어 다녔던 부산의 어느 골목까지
　너를 있게 할 것이었다

PM 7시 10분
　네가 서울에서 만원 지하철로 퇴근할 때
　나는 대전의 낯모를 식당에서 헐거운 저녁 식사를 마치고
　살면서 다시는 찾지 않을 차가운 모텔 침상에 드러누워
　서울에선 볼 수 없는 티브이 프로그램을 넋 놓고 바라보며
　내일이면 이별하게 될 대전의 알싸한 밤공기가
　서울 강변 네 작은 방의 공기와 뒤섞이는 모양을 담배

연기 속에 그려 넣었다

　AM 3시 20분
　네가 서울에서 깊은 악몽에 취해
　울고 있는 나를 울고 있을 네 안에서 천천히 되새기거나
지우려 할 때
　나는 작은 욕조 속 더운 물의 혼몽을 모공마다 새기며
　네 깊은 잠 속으로 죽으러 들어가려 했다
　수증기 같은 너의 손이 이마를 두드려 무슨 말을 하게
했고
　나는 한 번도 말해 보지 않은 말을 그때 깨우치는 듯해
　말없이 욕조에서 일어나 벌거벗은 몸을 한참 바라봤었다
　태어나던 때가 생각나 울었고
　죽어 가는 때가 눈에 보여 울음을 삼켰다

　AM 8시 40분
　또 겨울 하루,
　네가 다시 서울에서 눈 부비며 출근을 할 때
　나는 대전의 욕조에서 튀어나와

오래전 태어났던 부산으로 향하며 점점 작아지는 어제의 기억을

곧 마주칠 부산 바다의 물거품 속에 튀겨 더 큰 미래의 기억으로 부풀리고는

어린 시절 아픈 다리 끌며 걸었던 옛 길의 간판들을 더듬었다

언덕 위 학교로 향하던 육교를 걸으며

바라보던 먼 산의 굽이가 오늘도 여전히 둥글어

한 생애가 너무 비좁다는 생각을 했다

PM 12시 21분

나이를 거꾸로 거슬러

열여덟 살 때 걷던 길에서

열 살 때 걷던 길 사이를 택시로 오가며

지금 여기엔 없는 너와 따뜻한 점심을 같이 먹고

서울엔 불지 않을 바닷바람의 날카로운 갈기를 헤쳐

서울에서 나를 생각하거나 잊으려 하며 조금씩 지난 시간의 올들을 다시 꿰맬 너를 향해

내가 태어나기 전에도 있었고 죽은 이후에도 살아남을

뭇사람들의 길고 짧은 이별 이야기를 기차 창가에 썼다
지웠다

PM 9시 54분
그때,
역방향으로 사라지는 공간을 되짚으며
점점 미래가 되어 가는 과거의 차창 밖으로 눈발이 날렸다
10분 전 맑던 하늘이 시속 258킬로미터 속도 안에서
폭설을 뿌리는 두어 시간 후의 잿빛 구름더미로 바뀌며
별들이 빛을 잠갔다
어두워진 하루의 장막 위로 뿌려지는 눈발
하루 만에 영겁의 꼬리를 만진 내 얼굴이 어두운 차창
에 떴다
아이이기도 노인이기도 했다
만 이틀의 곡률을 하루저녁의 직선으로 곧게 펴며
기차는 대전을 거쳐 다시 서울로,
부산에선 볼 수 없던 새하얀 시간의 결정들에 긴 어둠
을 묻히며
서울로,

서울로 향했다

돌아온 집 앞에 눈이 가득 쌓여 있었다

어제 여길 밟고 갔던 네 발자국이 그제야 눈 위에 찍혀 있었다

눈이 아니었으면 까맣게 드러나지 않았을

전생의 눈빛이 땅을 뚫고 천계의 다른 페이지를 펼치고 있었다

무조無調

말러를 듣는다
죽음 너머 새 떼들이
우주의 거대한 석상을 무게 없이 끌고 오는 소리

말러를 들으며 술을 마신다
물속의 불이 일으켜 세우는 네 발 달린 물고기들
새하얗게 타오르다 사막으로 발가벗는 바다

방 안에 쏟아진 별들이
대낮 먼지의 신음을 밝힌다

음악 지난 자리에 써 내린 글들
그 옆에 그린,
굳게 입 다문 석상의 얼굴

너를 알았다고 깨닫는 순간,
나는 이미 죽었다고 믿게 만드는 먼 성단星團의 재치

음악은 공간의 투명한 침묵일 뿐,

그 어떤 시간도 실연하지 않는다

그리는 순간,
물이 되어 흘러내린 석상의 얼굴

그 위에 띄운,
새로 태어난 사랑의 이목구비

지은이   강정

1971년 부산에서 태어났다.
1992년 《현대시세계》로 등단했다.
시집 『처형극장』, 『들려주려니 말이라 했지만』, 『키스』, 『활』, 『귀신』과
산문집 『루트와 코드』, 『나쁜 취향』, 『콤마, 씨』 등이 있다.

백치의 산수

1판 1쇄 찍음 2016년 3월 18일
1판 1쇄 펴냄 2016년 3월 25일

지은이 강정
발행인 박근섭, 박상준
펴낸곳 (주)민음사

출판등록 1966. 5. 19. (제16-490호)
서울특별시 강남구 도산대로1길 62(신사동)
강남출판문화센터 5층 (06027)
대표전화 515-2000 / 팩시밀리 515-2007
www.minumsa.com

ⓒ 강정, 2016. Printed in Seoul, Korea

ISBN 978-89-374-0842-7 04810
      978-89-374-0802-1 (세트)

민음의 시
목록